單讀

One-way Street

竟然是真的

刘天昭

上海文艺出版社
Shanghai Literature & Art Publishing House

目录

主妇

北方才会这样。
春天的下午
和傍晚之间
有一会儿工夫
也许有半个钟头
外面会异常明亮
简直比正午还要明亮。
空气里有金子
的光，没有芒。
光失去速度，可能也就
是这样。

刚才我在厨房做饭
忽然一下窗外亮了
像是一只鸟儿
神奇的翅膀划过
天空变了颜色。

没有扭头我就知道
风肯定
也停了。门口那棵高大的
雪松，别人家院子里
幼小的盛放的玉兰，还有远处
不知道是哪里
的墨绿色的河流，河流对岸
壮美的教堂，教堂旁边
高耸的钟塔，还有钟塔上的
大钟，都停住了。
就这一会儿工夫
也许有半个钟头，
世界沐浴在浅金色的
永生里。

可是我
没有停下来，自来水
哗哗地流，煤气炉

扑扑地烧。本来
在做什么，就继续
做什么。人世的宁静
是不是也就
是这样。我甚至没有
到窗口去望一望，只想着
一会儿弄完了，
出去倒垃圾
的时候，最好金光
还没有退去。

2013/4/8

口袋的意义

繁旭妈妈带我们去吃面
吃完以后她从黑色腰裙
的腰上摸出钱来会账
我说，这里还有个口袋呀
大姨说，是她自己缝上去的
我一直觉得这件事值得讲述
但是不明白是为什么
直到今天看见作家的名言
“爱生活本身甚于爱它的意义”

2014/10/13

如匪浣衣

怀疑来了
我不怕
预感到累
又觉得踏实
好一阵子笃定
在轨道上简直轻松
早就起疑心
晃一眼，放过去
真是懒了

积了许多脏衣服
不洗不行了

2014/11/12

绿萝

要在小阳台墙上
挂一盆绿萝
垂下来遮住
掉了盖的煤气表
打开卫生间的门
正可以从小窗看见
午后太阳照进来
应该绿得
喜翠盈盈
甚至坐在餐厅
抬头也能看见
青幽的墙上
一洞金色的窗

这想法上来好多次
还没有实施
有几次顺便想到

等妈妈老了

更像个老人

我也老了

微波炉坏了都不修

也不扔掉

到处堆叠着无用的旧物

碰一碰就要起灰

碰一碰就要碎掉

等这屋子住老了

等生活老了

我要记得此刻

念念挂一盆绿萝的心情

毫无必要的热情

生活过

2015/1/4

冬天有一种晴朗

冬天有一种晴朗
滤净了金色与温暖
让蓝色更蓝
更沉，又更远
只有静物是恰当的。
鸟声如细钻
在玻璃中陨落
树枝如逻辑
美且毫无意义
而人类的烟囱啊
热腾腾多么无耻
又是多么欢乐
即使死后——存在或
不存在，语言或
没有语言——
即使死后我
——我或者融入你的无我

仍然不能理解

不能理解生命和时间

我也不会懊恼

活一遭怎么会是徒劳！

2015/1/29

春天啊，我还没准备好！

春天啊，我还没准备好！
怎么你就来了！
窗外的声音胖了
墙上的影子黄了
寒冷里的甜味变得轻盈
不由得深深呼吸
像一只气球
想要饱满，想要飞升！

可是春天啊，我还没准备好！
去年并不比以往更繁忙
可是我一年比一年疲惫
挂在细胞壁上的污渍
就像旧炒锅的背面
怎么洗、怎么洗
都洗不干净！
睡不够醒不来的肉体

像一棵酸菜

再也不能、再也不能

变成新鲜的白菜！

可是春天啊，我不得不迎接你！

闭上眼睛没用

闭上耳朵没用

闭上嘴巴没用

皮肤没有用

你淹没我而我是透明的！

就像阳光下树木是透明的！

春天把树木当成傀儡

哪管树木是不是需要休息！

春天啊，我知道我怕你也没有用

生命是你的卧底

没有你就没有我

可是我不能与你合而为一！

老人总是在春天死去

我害怕那偿还不起的狂喜。

2015/2/16

咖啡厅里

都在做彼此的思想工作
有一些其实是在谈恋爱
有一些是表演精神生活
有一些仅仅是消磨时光
当然有人可能真的在交谈
但是估计也没什么用
人生的勇气来自独处
和持续供给的虚荣

2015/4/1

戒指

自来水流淙淙
戒指打到瓷碗
主妇想到屈原
和野风荡平
四方的春天
我想到主妇
戒指要比预期
再贵一点
买的时候最好
有点心酸
洗碗当然有怨言
这心情恰如流水
亘古未变
主妇想要写诗
我继续洗碗

深入或者滞留

在测不准的人世间

2015/4/6

最好了

放假的时候
到银行和医院
社保所和冲印店
办点事最好了
带一本小说排队
比去海滩趴着还好

出门倒垃圾
比出门看雪好
走十分钟路去买面包
比散步好
停下来给人指路
好像忽然醒来
好像刚刚投胎
真是最好了

2015/5/22

咖啡厅里只有我自己

阴天的礼拜三下午
咖啡厅里只有我自己
音乐毫无遮挡
像海浪侵犯礁石
我就要被无限溶解
临界这一刻无法翻越
一浪又一浪失败
洗出可疑的空白
既像入口，又像拒绝
我奋力钉下的每一句话
都如残骸即刻浮起

2015/6/10

七月下旬

正午是寂静的
盛夏寸草不生

光明一无所有
山顶速度为零

半生幻想落空
半生接洽阴影

2015/7/25

寡人

有时候我希望自己是专制国家
要睡就立即睡着
要醒就精神抖擞的
想要爱上谁就能爱上谁
该做的事做起来就有兴致
人生有限，不妨冒险
民主的长期优势还是算了吧

今天我注意到，我想感受秋天
就能感受秋天，虽然在意识的监护下
多少有点不自然，像隔着一层玻璃
又清楚又遥远，而且不再新鲜
站在窗口我不知应该看下去，还是离开

真像一个暴君，驯服了他的人民

又不能相信他们，拔剑四顾

心茫然

2015/8/24

多余的镜头

晚上看了一会儿韩剧
长篇啰嗦又滑稽的
完全不可信，也并没有
要让人相信的企图心
但是有一下，那个爸爸
下班回来，半垂着眼
拎个包，肩膀相当松弛
敞开的韩式客厅里没有人
他不疾不徐蹬掉鞋子
迈上台阶，挪了两步
在他抬头之前
在他开口之前
有大概两秒的寂静
像是跳针了
像是弄错了
忽然就是真的
忽然就是我对文学的期待

——在没有眼睛的地方

人的孤单是多么自然

2015/8/29

三生万物

人生与小说不一样
四季与诗歌不一样
生命与语言不一样
我与我不一样
我来回奔跑

2015/8/31

理解

小黄狗立在路中间，昂然凝止
继而静静扭过头，转身
到路边草丛里仿佛寻找什么
等我路过，它才又静静扭头看我
我赶紧躲开眼睛，也不敢回头
它始终没有吠叫。
是故意的吗？避开我？
是在掩饰警觉吗？
那样若无其事的。
我无法理解，它只有深渊
没有语言。我以为的理解
是一场建设性的虚构
住进去就是人生，总有破绽

离开就是废墟——

然后从头再来

2015/9/14

退役

我在地铁上闭着眼睛
真心实意想睡一会儿
我知道你此刻目光明亮
正在检阅每一位旅人
他们鞋上的尘土
凝聚你胸中的雨云
化为海水，热泪和星辰
你擦亮你的羞耻
你溶解你的孤独
你看不见我爱你啊
亲爱的小兵
我爱你如气球圆满
我爱我如果籽结实
我爱你怜悯我，还希望我知道
我知道。你不必明白

我要去睡一会儿

站岗的人得到月亮

2015/9/25

十一月

十一月没有太阳
雨雪，阴霾，更多时候
什么都不是的灰，停着
黑暗也落不下来
睡像在醒上压了一块玻璃
醒像在梦中提了一盏灯
灯像灯的照片，没有光芒
末日是一个形容词
就像活人口中的死亡
可是麻雀依旧跳跃
银杏准时黄了
快递甚至比以往更繁忙
我也只能相信闹钟
在安稳的课程表上爬行
键盘一丝不苟，鼠标唯命是从
热茶的温暖缩成壶形
片刻就凉了

那些没能支配我们的

在身体里溶解

比行动久远

比意识深沉

2015/11/24

圣诞和新年之间

圣诞和新年之间
通常会有一两天空白
比平常的空白更白
更密，新旧无言

2015/12/28

按扣儿

以前爸妈房间组合柜
镜子门下头小抽屉里
杂乱无章中
有两个新按扣
按在蓝色印花纸壳儿上
刚才看见了，异常清楚
寒假白色的幽闭
正在早午寂静的光纱里
向上向无穷处洞开

2016/1/8

在厨房

妈妈夸奖我
同时有点惋惜
因为厨房的小擦板儿
和大笊篱
我不好意思告诉她
日月江河不会放弃我
我也不打算沉没
只是在抽象的尽头
选择具体就是
选择活着

2016/2/4

脱发之歌

四季在余光里

我在果实的黑暗里

落叶的决心

是秋天的情义

春天在春天时无情无义

2016/3/27

不妨化个大浓妆

作女人是件滑稽的事
作男人也是
特别在意男子气概的人
和职务先于名字的人
一样令人感到匮乏
我不打算谈论
完全是女人的人

作女人是件滑稽的事
更滑稽的是不作女人
也不作男人，在门厅
永久地徘徊，空守着
舍不得用的人生
自己过期了

2016/4/4

花火

昨晚看了半部《花火》
觉得挺好，就没看了
不想深入去感受
不想被弹奏
已经存储的
不想再被翻起
不想惊讶
不相信还能被启发
不想再次重复
不想再次确认我不过如此
不想结识一个陌生人
不想体会他的用心
惊叹他的美好
暂时还不想
暂时我只想待在
好不容易整理好
还可以持续一段的

干净房间里

但是今天中午
我带着对兴致的自觉
兴致饱满地骑上自行车
穿过春风和柳絮
去吃一碗鱼头米粉
并且拍了照
并且发了朋友圈
并且在花店停留
带着真假莫辨的做作
挑选月季，龙胆和雏菊
不由得我想起电影里
那个轮椅上的警探
和他对花朵的奇想

我能相信吗？

他相信我的快乐？

2016/4/8

这样的一天

犹豫了一下，还是要工作
同时知道什么作品都不值得
不能跟这样的一天比较
只是这样的一天
这盛大神奇的一天
我又能拿它怎么办？
呼吸，游荡，在风中冷透了
也还是我不能融化
它不停留、尖锐的徒劳
而写作是多么含蓄
又是多么狡诈
把自欺繁衍得像繁花
像人造的春天，像生命
像翻不过的大山
挡住真实的虚幻

2016/4/18

氢气球

六点来钟，我拉开阳台门
摘外面菜盆儿里的小白菜
风挺大，柳树甩得很来劲
初夏的热气一团团抱过来
没有想起具体的人和过往
又似乎同时拥有所有过往
似乎此刻正在消散于所有
过往，我不仅存在于此时
此地，不仅在古代和别处
似乎是真的，我无所不在
于一个恍惚和另一个恍惚
的缝隙中间，几乎成功了
回到幻觉的故乡，和宇宙
关上阳台门，我站在原地
松开那正在漏气的氢气球

2016/4/24

从外面回来不想进屋

小区绿地的长凳掉漆了
坐着很妥帖，又茫然
也就只能看着这茫然
看一会儿。
这正是我想要复习的答案。
从来都不能真的回到存在
本身。山门在每一团
独处的空气中紧闭
敲击就是祈祷
拒绝即恩赐。

2016/6/2

窗外

六月的午后

躺在床上看窗外

大风舞动柳树

又美又无所谓的样子

想象中的客观世界

开放又无法到达

而你只能是你自己

只能是切入它的

没有粗细的丝线

你不能拥有

哪怕一平方米

更不要说一立方米

但是你也不会失去

它永远在那儿

就在窗外

2016/6/18

夏至

日照最长的那天
并不是夏天的顶点
因为土地的热容
洋流的方向，还有风
因为期待，失望和熟悉
因为厌倦，依恋和回忆
它们有自己的日程
自己的速度，回旋和缓冲
季节已知又不可期
总是在七月甚至八月
毫不知情地，无所作为地
度过最热的那一天

2016/6/21

八月下旬

风来了叶落

雨住了蝉鸣

热重复成溽湿

绿熟透为黑色

洞口的风铃摇响

不含希望的解脱

2016/8/21

不可能厌倦秋风

在人造的无穷变幻中
消耗了待定的肉体
露出思维的骨骼
经验的垃圾
重复的感受本身
也在重复，于是不得不
低下头，承认我已经
穷尽了自身
花儿早落了
果实即将腐烂
没有什么可对抗
也丝毫不惋惜

在语言的诡计中
我以为我已经关闭了四季
我以为我厌倦而轻松
但是就迎来了秋风

来自树木和天空

月亮和海洋

时间和宇宙

来自未知的真正的秋风啊

三十几年依然陌生

我相信它永远陌生

活着仍然是未解之谜

迷惑是仁慈的恩赐

不，不可能

我不能，就是那些

为不能自杀而羞愧的人

也不可能厌倦秋风

2016/8/28

苍蝇

秋天太阳晒进来的寂静的晌午
没有什么比一只嗡嗡响的苍蝇更好了
我带着遗落在所有过往房间里的我
带着集会的欢腾和复活的喜悦
像是要完成一幕戏剧一般
追赶着，将它拍死在灿烂的玻璃窗上

2016/9/28

朋友们的故事纷至沓来

中年作家坐在家里

朋友们的故事纷至沓来

带着信任，带着惊奇

他们对自己的陌生之感

令作家略感心虚

她那变换多端的模板

驾轻就熟的语言

几乎把朋友唬住了

“啊，就是这样的！”

怎么可能就是这样的！

——作家心里想着

又得意，又觉得人生

茫茫的，真是孤独啊

2016/10/14

姐姐

许多年前我和两个姐姐
我们三个住在一起
我们都不知道我们以为
以为我们会永远在一起
没有什么
没有什么能把我们分开
所以我们毫不迟疑地
分开了

2016/10/17

感冒

已经很少有什么感受
能够颠覆这一身的官僚
获得全肉体的胜利
在梦的黑色的漩涡
下一场童年的大雪
这是哪里的窗外
麻雀停在灰色的柳树上

2017/1/16

四十岁的礼拜天

午饭吃到快三点
没有收，吊灯也开着
照亮鱼骨，残酒
半刻钟以前的记忆
睡醒了正下雨，在窗下喝茶
我看见这一切都恰好
对了、但是不停留
坐在黄金的缝隙中
用意志的玻璃，挡住贪婪

2017/6/18

我奶奶

我想起我奶奶
她从不卷入她那八个
最早是九个、后来是七个
儿女的纠纷，虽然他们
至少在那一会儿的工夫
会听她的话——
“既然老妈说话了”
我能想象他们
任何一个都是
在那一刻感到服从、
孝顺、做对了
的快乐。
他们爱戴她。
他们不敢忘记
他们其实永远
也走不出来的
她拉扯他们走出来的

那片黑暗

我想起我奶奶
她晚年一心一意渴望
一间自己的屋子
有那么一年她住上了
快乐得、围着炉子
哼悲伤的歌
她不写作
她不需要写作

我想起我奶奶
我其实不怎么认识她
但是我相信她
一个不识字的知识分子
一个命运教出来的
自由主义者

我在人生的中途想起我奶奶

也许不同的命运试图告诉我们的

是同样的东西，也许我们

我和奶奶，可以

在对自由的理解中相遇

2017/12/24

智慧生物

吃煮熟的生物
读书中的世界
给情绪命名
并且信以为真
逻辑像树木
诗歌如飞鸟
而大自然依然在
在人体内
密林深海
照之不透
攫之不竭
风潮阵阵
上帝保佑

2018/1/14

2月5日

有人刚刚离去

有人正在赶来

我被执着诱惑

想象沼泽温暖

陷阱才是深处

仿佛

看不见地平线

就不再是旅人

2018/2/5

终于

终于也坐在盛开的樱花树下吃便当了
没有表演，也没有对表演的意识来掩护
但是也并不是完全自然
并不能像第一个这么做的人那样
并不能像没有听说过这件事的人那样
带着发明的快乐、溪流一样地慨叹
终于也走到了这一步
什么感受都是准备好的、拧开就有
不真不假，就算是真的吧

终于花瓣也真的落在衬衫上了
已经厌倦了定格的游戏也根本定不下来
痛苦的图钉都扎不下去，何况是美
美回到空气中稀薄而无限
生命回到呼吸中涣散而接近静止

终于静止，宛如永恒宛如完整的自由

可做可不做的事还是做吧

2018/3/28

约会

起先是偶尔
现在几乎是每天
晚上关了灯，翻一个身
像是翻进荒野
我不知道自己是谁

我不知道自己是谁
起先是惶恐、又振奋
现在是怀疑、又眷恋
那纯净的未知之感
创造了不能命名的存在

无边无际我飞向伟大的虚构
无边无际它纹丝不动不可触摸
安稳的拒绝，等待的承诺

那自欺欺人的幸福

白天的一切不能比拟

2018/5/7

两块花布

在广州的最后一年，大概是春天
我跟董黎明相约去大沙头布料市场
观摩繁衍无度的物质生产和生活
有如预期，每一样布都在上演自己的戏剧
角色相似又相对，不分邻里与传奇
我们辨识着，讥笑着，从优越之地倾泻
很快就疲惫了，落入有限与停滞
——还是买一块吧！丧失了一切根据
抓了两块，一块做了裙子，那年夏天穿着
留在长春家里我们房间的抽屉里了
另一块又软又稀没有用处，直到刚才
我翻箱倒柜找出来，裁下六十厘米见方
一针一线，替换沙发椅下面那块破洞的防尘布
开着窗，夏日的轻霾既不进来也不出去
楼上没有人放音乐，楼下没有人剪草
我心中那异样的感觉读不出来
那时候正在消逝的世界如今已经没有踪影

这一块稀松的花布怎么可以如此确实
既不进来又不出去的世界繁衍无度每一秒都爆
　向未知
我心中的记忆、永恒的光芒落下的阴影、
我心中的永恒啊，怎么可以如此确实

2018/5/15

树式

雨最大的时候
我正在窗前练瑜伽
双手胸前合十
单脚树式
窗外盛绿欲染
生命片片哗然
联想交汇擦亮
我清楚地看见
这借来的一生
这半腐的肉体
这积重难返的幻觉啊
就当它是真的吧
竟然没有波澜
我稳稳地
单脚站着
双手胸前合十
看见这一刻的意志

恰是对树的背叛

或许也是

树的结局

2018/7/16

激素

她看着自己流着眼泪说

这不是哭，这是激素

她说，要感谢这些给定的东西

坚固的东西，不会在意识的

照耀下动摇的东西；

要感谢这些让人不自由的东西，

让自由变得有意义的东西；

要感谢五味杂陈，竟然是真的

多亏我们是被造物

才能是真的，啊我是不是

应该感谢主，我是不是应该

在此处破涕为笑？……

她流着眼泪，满面愁容，她说，

我要赞美人生，你相信我

我是真心的，真的

2018/8/15

夏天

夏天过去了

我在暮色中刷鞋

几乎刷出了

游泳池边的气味。

那不曾有过的

潇洒的时光。

2018/8/26

雪花牛肉

从干涸之地
迈入溺水之海
那一步无限放缓
找不到原因的影子
一帧一帧之间的空无里
全是不顶用的
哲学
哲学在那个时候
是最好的

情绪的无尽风暴
是不是可以用来发电
运转事件的车轮
猛烈得不需要原因
在飞驰的平静中段
或者堵塞的暂停里
全是无能为力的

哲学

哲学在那个时候

是最好的

像雪花牛肉里的雪花。

2018/9/13

红星美凯龙的孤独

我喜欢一个人去红星美凯龙
带着几个目标，提出几个问题
做几个决定，签几个名字
出来在门口站住
门口是初冬清澈阴冷的下午
像外科大夫出了手术室
双手插在白大褂口袋里
透口气，而并不吸烟
踏上落叶潮香的街道
不知道去哪，不想回家
又像是研究生出了图书馆
揣着几本冷门的专业书
并不急着要看，孤独多么好啊
孤独的时候拥有各种各样的孤独

2018/11/16

小菜刀

原来家里有一把小菜刀
很薄，似乎坑坑洼洼的
还砍出一个豁口
刀把松了，爸用铁丝缠紧
铁丝头儿拧着劲儿
抠进木头里。
妈有时候一边切菜
一边说，这小菜刀!
才好使呢！这还是我爹
找X铁匠，拿芟刀给我改的!
铁匠姓什么我想不起来了
是妈结婚时候，还是临来长春
的事儿，我也说不准了
因为妈经常只是说，
这小菜刀!
然后叹一口气。
今天切菜的时候

我想起了那声叹息
像想起一句从小
盲目背熟的古诗
这时候忽然明白了
忽然清晰
另一个人的感情
沉甸甸，在我身体里落下
我是一个没有姓名的人
暂时的，但是真的
踩在大地上。

2018/11/26

雨窗

洗澡的时候
看见水珠顺着
满是水流的玻璃
淌下来，像雨窗
在意外的久违的
轻微的苏醒中
想不起任何一场雨
任何一面雨窗
更未能唤起任何一次
下雨时这身体里
涌动过的感情
活着活过的证明
不知道是此刻心事
太大，挡住了
还是这套身心
太旧，不再透明
让我很久以来

都看不见此刻

也看不见过往

在事件闭合的

巨石的黑暗中

没有雨，没有

打开窗的清新

2018/12/13

看见

看见地板的木纹
看见阳光风雷
时间无言
看见知识的魔镜
幻境自由
看见意识的冷漠
空洞循环
明亮得什么都
看不见

2018/12/29

子目录

澳网第三轮，中央球场

模拟的、因此更抽象更纯粹的希腊

音乐一般，金弦闪耀，明亮紧张

不经意地，运动员抬起的手臂放下

她要等待一片羽毛，像羽毛笔那么大一片

雪白的，几乎是茸茸的羽毛，飘落在

大海从来不能呈现的完全水平的

翠蓝色没有一丝变化的塑胶球场上

镜头没有去追踪那只鸟，来不及了

也没有必要，球童归位，比赛继续

但是那只海鸟的造访，已经成为电视

盒子里的戏剧的一部分，是的

更加希腊了，但是过于生动，像是

什么紧密的东西忽然松开了，并且

蠢蠢欲动，想要彻底松开——那是不可能的

然而这否定的判断忽然打开了巨大的不安

难道不是一直知道

将希腊压缩为今天的子目录是不对的
将别人压缩为自己的子目录是不对的
将大海压缩为球场的子目录是不对的
然而毫无办法——那，那些都是不可能的
人们必须假装，大自然是人类生活的一部分
而不是相反，自从被这个想法迷住
就只能一往无前，心怀万倍于海鸟的恐惧

2019/1/19

酒店两则

1.

命运安排我们
过去一年中有六次
住进同一家酒店
早先穿白衣服的服务生
升职穿上了深蓝衣服
昨天去餐厅吃早饭
他远远看见我们
低声跟新来的白衣服说
带他们去窗边座位
然后才职业地微笑起来
我隐约有点不安
换作是我
不知道要怎样好奇
而我知道所有的答案
又不能告诉他

2.

更熟悉的是一个笑眯眯的女孩
晚上打电话让送瓶装水
听出来是她，来了她说
我看见你们房间号码就说，我来
很想请她进屋坐一会儿
又怕他们有纪律，不好
但是今天在外面遇见了
她先看见我们的，喊了一声
隔着马路，在树下挥手
笑得很大，穿便装的样子很美
我差不多是真的有点伤心了
可能很久都不会再来
好像也不会为了这个特意来
好像真的去告别就像是假的
啊你我相逢在黑夜的海上

2019/2/7

无耻

早上收到不好的消息
在沙发上躺了一会儿
起来打开冰箱，拿出一只乌鸡
举刀砍掉头，切下脖子
贴脊骨劈开，冻回半只
剩下的清洗，捏起乌红的血块
灰蓝的黏膜，颈骨切口处一团模糊
放进大锅焯水，另起砂锅注水
切姜片，洗红枣与香菇
大火烧开小火拧到底
又拿出一块海参，冷水解冻
清洗焯水的锅，刀和案板
擦台面，洗抹布，鸡汤就飘香了
从卷曲的海参中间把冰碴抠下来
那灰棕色带斑纹的滑软的东西在手指上
她满意地感到自己无动于衷
她想到她并不相信滋补，继而

看见一个什么都不在乎了的老妇人

只想着自己活得更久并不为什么

那结实而无耻的感觉十分痛快

释放了恨意，这是什么天理啊

不幸即丑恶。

2019/2/13

如何描述疲惫

我渴望狂热地做一件事
随便什么事——我渴望狂热
由此我知道痛苦一直在地下运行
既不感到羞耻，也并不愤怒

把刀锋化为泥沼
是可能的，用虚构来拟合
把恐惧化为疲惫
是可能的，用理性的虚荣
几乎熟练了，把不可分解的
绝对，量化为不能停止的具体
是必然的，唯一的活路
然而疲惫累积，跟疯狂没有区别

2019/4/19

摇晃

又蓝又晒的初夏午后

走进雨后闪耀的大风

买且只买一瓶可乐

喝且只喝一口，坐在

小区无人的绿地长椅上

可能好半天，才看到晴光

摇晃，此刻轻飘，又看到

身后一大片晦暗，再远

还有一条崎岖的长路

都可以借来，到此处

仿佛这一口可乐的乐趣

是瓜熟蒂落一般

轻巧的结局。让因果的链条

扯住这一刻，不再摇晃。

但是也可以不。也可以放弃

塑造的技能和重量的乐趣

也可以不写诗

也可以放弃必然性的保障
依然写诗。在狭小的自由的缝隙里
随风摇晃，天气晴朗。

2019/5/28

叙利亚香皂

天猫超市竟然有来自叙利亚的香皂
不得不买一块儿，果然不同
不整齐的正方体，浑浊的棕绿色
我妈看了肯定要说是鸭粑粑色儿
要说味道，那真是难以形容
反正肯定不香，有点熟青椒味儿
油乎乎的，既不痛快也不凉快
怎么说呢，让人非常满意
非常像想象中的叙利亚
我对今日叙利亚毫无想象
我对古代叙利亚——
我不想看清我想象的是什么
每次洗手都像一次旅行
享受半秒钟，鸭粑粑色儿的
油乎乎的，忽然的，神秘和开阔

2019/7/4

礼拜天

又躺了一会儿
起来到阳台上
看蝉鸣鼎沸
暮色渐合
树深不知处
收了衣服
一件一件叠
惦念远方的亲人
无可奈何

2019/7/21

又热又霾的礼拜天下午

想象自己去伦敦
走在卡姆登街上
宿舍再往前，就路边
有个小小的公园
长凳上坐下，想起那时候
那么轻率，以为随时就再来
真的来了已经是两回事
自己变了不算什么
世界也已经、真的变了
不禁觉得眼前的草地
更绿了，绿得刺目
刺得那么努力
也扎不住什么
真实，越逼真越流动
而想象越逼真越狭窄

在一个针尖上
结束了。

2019/7/28

10 秒

冰箱拿出来的早餐包
用微波炉加热 10 秒刚好
这 10 秒做什么都不够
只够一个清楚的念头
啊，这真是空白
又不够这个念头生长
没有更多的念头
都是事后想起来
才看见灰色纸上一个小白点
被无聊的小孩涂成
静止的蓝色

2019/8/18

复健

一个中风复健的老太太
一拐一拐走在前面
血管突出的棕色的大手
翻在背后托着胯
当然不在乎别人怎么看
我感到她内心的力量
发现自己既不怜悯
也不感动，因此明白了
我是真的觉得
我就是她。那一会儿
内心明亮，又几乎是麻木的
只有小时候在她跟前
替她感到难为情的那种
无知而又骄傲的心情
忽然生动地浮现出来

我由衷地微笑了

像她看着孙女一样慈祥

2019/8/18

喻体

阳光，树木，溪流，云朵
欢乐，疼痛，期待，安宁
都只能作为喻体
用来形容别的东西
你也可以形容它
有一万种方式
未经验的还是不懂
等真的到来了
还是新的
还是难以置信
难以置信就是真的

北方的明丽四季
南方的无止无息
童年的荒芜，青春的空虚
还有中年啊，百感交集
污腻疲惫里有可能

跳动着真正的英雄的心

这都是真的，无法形容

但是不惧形容，不惧讲述

所有的模仿都自行脱落

再多的意识也不能将它消融

真实像钻石一样坚硬

那是上帝，或者他的祝福

2019/8/31

时刻准备着

理解了荒谬

真实的需求时刻准备着

虚假答案难免的

理解了自我感动

脆弱时刻准备着

感冒难免的

好是不好，但是逞强

恐怕也好不了

几乎可以接受了

从此开始的所有规则

繁衍，密缠，如同结实

如同真实

不必重温《宗教大法官》

在“同意”前面打上对号

神话的核心空洞了

那空洞时刻准备着

被发现，被利用

被打碎，从头

再来？。

2019/10/1

一只九十年代的发卡

刚才，一只发卡掉在地上
差点踩到。那是九十年代
女高中生在省会城市的友谊商店
花十七块钱买来的
深蓝色的乌光是多么不可思议
很久之后才知道那不是塑料
是树脂，但是树脂到底是什么
Made in Denmark 又怎么可能
是一家多么奇怪的贸易公司
是多么偶然的原因，才会有人相信
这东西卖到中国来能挣钱
它甚至根本不好用，梳子形状
头发太少或者太多都卡不住
可能要盘一个发髻，然后
轻轻笼住碎发，插进去？
二十几年从未真正用过
也不可能遗失，每次看到都想起

那种心情再也没有了，也根本
无法跟今天的世界解释
九十年代省会城市里的友谊商店
陈列在普通的事物中隐隐发光的
缺少说明书的小小的奢侈品
是怎样如同黑夜中细小闪烁的星星
激动着整个宇宙的未知，而且
那未知全是美好，全是答案
怎么可能说明白，物品曾经如此精神
若隐若现的线索才能如此广阔
而那激动又多么适合一个女高中生
不然她不会在后来爱上艾丽丝·门罗
不然她不会在后来在淘宝中如此厌倦
只购买普通的东西，不知名的国产小家电
白色外壳有点青灰，显得轻而脆、廉价
但是功能便捷，实用，她觉得也挺好的
而且她知道只要她愿意她也可以
为还来不及审美的小企业高兴

为赚钱很少的人也能用上它高兴
她人到中年，理性已经开始回头去珍惜
甚至珍惜情绪，因为自私而爱并不比因为美而爱
更加让人难为情，它古老，恒久
不会破灭不可改变而且其实
它更加谦逊地接受自己来自土地
她人到中年，自我顽固如鞋里的一粒沙
而记忆模糊悬疑，只知道不知道这是何处
而世界的历史就在她的皮肤上比任何时候
都更加真切更加未知在她看来也更加轻浮
溪流和洪水都不过是流变，而后果
竟然是结实的。不可能再有那么结实的
一只发卡，我的历史就是世界的历史。

2019/10/10

在北京炒菜

电饭煲默认做饭时间 47 分钟
菜备好了等着下锅，还有半个来小时
入秋窗玻璃黑冷的，特别适合给家里打电话
有时候妈妈又讲起她老家的新鲜事儿，热热闹闹
刚刚她堂弟媳妇儿在电话里学给她的
越喜庆越荒凉，沉沉的冰霜无边无际
从黑土地侵上来，侵过来，侵过来
月亮在窗外看不见的地方，莽莽地照着
人在天地间炒菜，香腻热烈，如远行客

2019/10/14

喜鹊

在不同的光景里
看窗外的喜鹊
有时候振翅飞起
有时候悠然划过
停在枝头一动不动
为什么呢
两棵大柳树连在一起
有自己的浓荫深处
春秋的金子洒进去
绿湖涟漪，喜鹊
有喜鹊的法喜盛满、
岁月静好。玻璃这边总是
只能，止步于知道
并不能真的进入那感召

2019/10/29

曾老师

礼拜天下午四点来钟
四十一岁的曾老师在客厅
空挥网球拍，挥了一阵
走到门口去，蹲在那里
试图把网球鞋垫
塞进羽毛球鞋里
不成功，又都收起来了

2019/11/10

冬夜

晚饭后下雪了

厨房收拾干净

夫妻俩在餐桌对坐

准备明天的早饭

默默无言

仿佛在小孩的回忆中

真的不是故意的

晚饭时候他甚至

独自喝了一盅

2019/11/29

午夜的回忆

那些年

在天河南一路

在下渡路

在报社

我曾经是另外一个人

再早些，是另外一些人

都是真的

既然真的发生过

就像此刻，午夜

这个抱着孩子喂奶的人

占据时空，不能否认

只能是真的

又如此轻飘，不能结实

不像是真的

仿佛总有更真的

仿佛真的有一颗星，一粒灰尘

存在，在黑茫茫的宇宙中
我想念它

2020/6/5

拒绝成形的日子

昨天汽车路过公园
看见初夏树林中的野草地
飘飘地想到俄国风景画
这想法那么轻那么慢
我看见自己轻轻地就放弃了
不知道是因为疲惫
是因为预感了下文就提前厌倦
还是因为慢，被看见了
就没法再自然
连着这些想法也是远远的一团
余光扫到了就不再理睬
根本不需要别过头去
就再也没看见车窗内外
到处的任何什么

今天洗澡的时候，我用一只塑料刷
用力地，洗刷墙壁上的马赛克

刷了可能很久，那动作机械
重复得，终于有了空隙
被我看见了。随即就瞥见了
岔路上的各种前景
这是一个绝望的愤懑的姿势
还是要在这里长久生活下去
相信要在这生活里长久下去
的振奋的令人感动的
几乎略微预言着衰败的
雄心？也许再看一眼
还能看见别的小说别的开头
但是那到底有什么意思呢
我不仅感到厌倦，而且
还有一股新的，微弱无力
但是十分清晰的、愤恨
叙事的倾向、这旧日的习惯
如今成了一种虚荣，一种

背叛，对这不能成形的生活
对这不应该被俯视的生活
——啊，我不能再形容。

2020/6/21

老头子

夏天明亮的傍晚开着窗
传来小孩游戏笑闹的声音
晚饭喝了一小瓶啤酒
他抱着胖儿子在屋里溜达
看阿姨和老婆忙碌收拾
大概是不知不觉地
唱起了，爱江山更爱美人！
不是别的歌，偏偏正是这个歌！
他老婆已经不觉得奇怪
他最近经常笑得很大声
跟他不喜欢的他爸爸一模一样
她有点担心是不是舒服过分了、
近于粗俗，想想也就算了
毕竟她知道他是怎样
走到今天，好险就要永远
年轻永远热泪盈眶
但是他的胖儿子以后长大了

可能以为他始终就是这样

他们也不可能跟他讲

根本也讲不清楚

讲清楚了也不可能听明白

能听明白就更不应该去讲

那是人生最隐秘的剧情

是人生本身，属于他自己

2020/6/24

最热的一天

北京今天特别好
特别晒，特别明亮
像永恒世界里的夏天
身体重新打开
特别净，特别透明
看不见的太阳
是寂静燃烧的大门
就在头顶上

2020/7/24

母爱

夜里想起冬天
家乡那种彻底的
已经不耐受
还是喜欢
心思闪光一跃
长久浑浊中
奇迹的一瞬
回到放学路上
无自觉的孤独中
大声成长
泥土中的黑暗
冰雪中的晴朗
我对那个遥远的
更清晰的人

涌起母爱

如大雪

2020/7/24

大雨即景

午睡醒来，黑压压
下起白茫茫的大雨。
打开灯，放小孩在地上爬。
空调太凉了，吃冰西瓜，
朋友打来电话。

2020/7/31

侯麦

今天我跟我大姐我们两家
去表妹家看望姑姑和姑父
表妹刚从阿那亚回来
就说起去海边度假的事
大姐打算下周就去考察
并且让我也考虑一下
回来车上我俩就说起
是不是太懒了越来越懒
继而展开了到底要如何
生活的话题，散漫又啰嗦
其间我想到这真像侯麦的电影
继而发现连今天那雨后晴朗的天气
表妹家晒得蔫蔫的银白的院子
聚会上的酒杯和姐姐买的花
大声的欢笑和两两的谈话
光线，布景，气氛，那些小情节
更重要的是人物的精神风貌

也很像在更深处可以说一模一样
怎么会这样？怎么会这么整齐？
怎么没有更丰富的东西溢出
怎么没有更复杂的东西反驳
如果我能体会到的生活
已经开始小于等于它的画像
如果——啊等一等先别悲哀
在侯麦的电影里侯麦是谁？
“今天现在这样好像侯麦的电影啊”
我也可以把无边无形的侯麦
压缩成今天电影里的一句台词
但是在这个电影里我是谁
现在写诗的这个人又是谁？

2020/8/2

清晨

偶尔在清晨，许多记忆的影子
像云朵在身体里飘过
来不及看清，就消散了
有一下就要想起来
怎么都想不起来，心里空洞得
像黎明的山顶，开出一片上古的湖

不得不想到自己忘记了太多事
几乎全都忘记了——必然是这样
又必然总是把记得的那一点点
当成全部，当成真实
这想法太痛苦了我只能接着想
世界也是这样

2020/9/5

冰棍儿

两个老人在路上聊天儿
戴帽子的小瘦老太太说
“那不是一八年夏天
非想要吃冰棍儿，非要，馋——”
就走过去了。
可怜的老头子啊……

2020/9/19

信念

跟小宝宝单独在家

他坐在那里不知为什么

挥舞两只小短胳膊

自己就笑起来

一遍又一遍，越笑越大

撒欢儿，扑过来

我抱住他，想到没有拍照

赶紧回忆一遍

好像已经就弄变形了

可能美好就是这样

摇摇晃晃

考验对存在的信念

2020/10/3

快乐

小孩喜欢看工人给树木浇水
我们走砾石路绕上山坡
师傅站在盘旋的水管中间
正从腰上摸出一张卷烟纸
跟扫树叶的人说话呢
后者停下扫帚，摆着手说
去那晒晒，晒晒！他探出红胖的脸
眯着眼睛看孩子，大笑起来
——跟我乐呢！跟我乐呢！
浇水的师傅掐着半截烟
溜达着捏起水管，故意
呲起树叶子来，水花溅在阳光里
他也仰头看，又扭过来看小孩
露出镶得乱糟糟的牙齿
无声地笑。忽然我看见了他的脸
看见了笑容，和快乐。忽然
那金属包裹的镶牙闪耀起来。

忽然我想起从前那战斗的心
容不下也就看不见他的快乐。
今天我仍然不知道要如何放置
如何接受，他羞涩的卷烟
但是很有可能我已经不再说谎
为此放弃了，凌驾于世界的快乐。

2020/10/22

静物的片刻

这季节太阳照进来很深
有时候走在家里都不免停下
看一屋子的家具物什都停着
在阳光里，在阴影里
确切地存在着，等待着
有时候甚至窗外有大风
有时候大柳树的影子
会把大风落在它们身上
这时候更容易看见
光明停着，温暖停着
确切的此刻，确切的流逝

2020/10/23

四季之光

再一次焕然如新地感慨
四季独立于人世。
而人世，也裸露出自行建造
的加速器，独立于大风
呼喊的深秋。

再一次谨慎地确认
人们已经并不比进化
的解释更复杂，不比文学
的角色更微妙。简直文学
已经想得太多！要独立于
对白拙劣的咖啡厅。

但是啊，在生活的现场总有
总应该有，确实会有，一种生动。
一种生动宛如永新的四季之光
独立于平庸的自我创作者

略显僵硬的微整形的脸。

独立于观察者自负的脑海。

独立于多情者远远探出的手。

独立于一切游戏。

不要害怕不能把握的事物

爱不到也还是可以爱

这大风呼喊的金色的深秋。

2020/11/06

那首诗

晚上扔垃圾回来
那一两百米间
想要停下来
就停一会儿
并没有
径直回家了

再晚一点该睡觉了
想要放下手机
就那么空躺一会儿
也并没有
关灯就睡了

还有一些这样的时刻
都越过去了。并不是因为匆忙
没有那么匆忙。
是因为早就知道了

知道停下来只会尴尬

尴尬地发现那停留里并没有

并没有一首诗，我越过的时候

感觉到的，感觉到我欠自己的

因此我真实地拥有着的

那首诗。

2020/11/17

窗外

25 楼的鸟不同于 4 楼的鸟
它们是抽象的鸟纯粹地飞
划出的曲线有数学的力量
没有大柳树没有春去秋来
永远壮年永远不理解哀愁
有时候在灰紫色的晚霞中
它们忽然带来明亮的记忆
生命不曾真正有过的明亮

2020/12/2

棒棒糖

小孩周岁生日的早晨
得以有十分钟独自
在窗前切饺子馅儿
清楚地看见那个人蜷着
在狭窄冰冷的手术台上
露出脊骨来打麻药
那么直接的孤独
像一块很硬很硬的糖
偶尔小心地嗦一口
舍不得啊它还是会变小
那么简单的孤独
不能分享的孤独
不能分享的
才是自己啊

2020/12/9

明信片

四十多岁了，也去过一些地方
还是感到紧张，僵硬和麻木
当我忽然身处明信片之中。
尤其是，当它们降临在
普通而令人放松，我以为是隔绝
而安全的家中。在 25 楼，每天
傍晚有几千只鸟从窗前飞过。
半城压得窄窄的灰色楼群之上
渐染的玫瑰色的暮云之上
辽阔寒冷的天空，一群又一群
黑色的鸟儿，向西边飞去，
飞去，隐没在夕阳与晚山之中。
不能不去看，不能不每天按时
抱着小孩，站在客厅的窗口
看。“美好”，以词汇的方式
跳跃在意识的最表层。恐惧。
“就只是这样了吗？”那尽头

之感啊！脚都软了，踩在云霞上。

虽然在无知无觉的拒绝中偶尔

可以感觉到鸟儿怎样飞翔。

2020/12/20

新年快乐

也许越是缩起来
壳子里越是安稳
越觉得历史动荡
未来不可知而过去
竟然都是真的
永远正确的道理啊
正确得让人厌烦
已经不可能奋而
起身，去更新
那些一直在变的具体
只能任由世界加速
爆炸，陌生，早晚横亘
在我跟孩子之间
日复一日一座山
那么大的我的告别
之痛啊，我希望能够庄严
即便有一天他也够够的

缩进他自己的壳子

那份理解也只是他自己的

慰藉，穿不透什么

而且也许他并不，也许

他始终属于热闹的陌生

无所畏惧地痛快着

那样也很好啊

人生是多么好啊

2020/12/24

远大前程

小孩一岁多了
很想说话，憋得慌
有时忽然蹦出一个音
再又说不上了
就忘了，还是憋着
我多希望我在浑浊中
偶尔闪过的透明的感觉
能像他的语言一样
有远大的前程
并且通向广阔的
客观存在

2021/1/4

操场上

有一年冬天坐公交车上学
先要走二十分钟去车站
穿过一个茫茫的大操场
天还没有亮，当然
在操场中间路灯都非常遥远
那黑暗非常蓝，可能有点像海
空气冷厉，风又硬又沉
有时候要转过身来等一会儿
双肩书包贴到背上变轻了
好的时候也要缩着脖子
让围巾挡住更多的脸
围巾上都是霜——
这几天北京很冷，说起来那时候

真好啊，独自赶路的小孩

是完整的一个意志

又完全融于天地

2021/1/9

自大

我生了一个孩子
但是不相信自己是个女的
我乳汁充沛，一天喂八次
但是不相信自己是哺乳动物
我在生活中相当务实
不谦虚地说，简直精明
但是我以为我真正的渴望
并不是幸福的生活或者
成功的虚荣
我不相信此生此世我不相信
我能够满足——
以上，当然还有更多
在科学时代说出来是多么可耻
却又都是无可奈何的事实
可能已经持续四十多年
直到最近才被迫看见
也是荒谬的两头越走越远

恐惧日深，幻觉日真

要怎么才能说出口啊

我可能，相信我大于一个人

2021/2/3

异地

除夕前一天

几乎有点热

中午路上人很多

很轻松的样子

一家人买了菜

拉着小车说笑

羽绒服敞着

很像广州，暖和

本地人在家过年

这里不是广州

但也并非北京

在持久的恍惚中

异地之感忽然清晰

令我心片刻安宁

2021/2/10

醒不过来

快睡着的时候
不知道为什么看见小时候
暑假快要结束的傍晚
邻居院子里的扫帚梅
在湖上吹来的微凉的
淡金色的风中，轻轻摇摆。
有一下身临其境，就醒过来了。
那个小孩变成了这个中年人。
这个想法太沉重了，我始终
无法将它展开，无法达到
它所要求的，震惊与醒来。

2021/2/16

散步

退休以后想去一个适合步行的城市生活
没有快递，下午三点半出去买晚饭用的西红柿
晚饭后再出去买第二天早上的面包
不统筹，随时就出门了，即使是雨天
穿一双舒适干净的鞋，总是九成新的样子
在厨房或者窄窄的人行道上，记忆像
小孩子吹出来的泡泡，一朵一朵
不期而遇，遇到就破了，就那样一天一天
散漫地回味一生，该有多好！不再有虚度的压力
也就是不再有野心，不再自以为值得精打细算
不再有一个虚拟的目标隔阂，不再有一个世界
挡在我和生命之间，挡在我和死亡之间
也许那时候的沉默里才有最勇敢的文学最浩荡
　的诗
也许一切都衰退了——老年是不能想象的
生理上的事总是超越预感。我只是今晚

扔了垃圾走去看在窗台上看了一个礼拜的山桃的时候，想起自己很久很久没有真正地散步了也许从未有过，也许永远不能。

2021/3/13

给来不及相识的朋友

不知道自己以为但是以为必定
会再见的人可能不会再见了
几乎没有说过话的人从未
想起过的人忽然在记忆里清晰
忽然感情强烈，想要相识
已经来不及了，像大多数好事一样
来不及了。想象中的朋友啊
我也已经以我的方式阅尽了人世
穷尽了自己。竟然，或许是因此得以
半入半出亦真亦假，幸福。
春风浩荡的明窗里，一千件
耗时三十秒的琐事中间，随时
拿起一本艰深的书，冒充仍然
在扩展和深入——顶多是养护
并且像别的养护一样，主要是
自欺，安慰。也仅仅是对我的衰退
而言的艰深，也仅仅是我尚能

躬身够到的脚背——这随时要
落入空洞的英雄主义啊，脆弱
带着对脆弱的保护，习惯，把我挟持
必定是心甘情愿的。但是任何结实的
即使是你的，他们说自由而快乐的
我设想是清澈而凝聚的，忽然沉默
迈出去的人生，恐怕也禁不起对另一个人
的一生的想象啊！真让人感激啊
真感谢你啊，感谢那一句话的消息
带来浩浩荡荡，翻天覆地的
被遗弃之感。这痛苦令我感觉活着。

2021/4/13

后记

这些诗都是在手机上写的，发在朋友圈，有时候自己很得意，又没有几个人点赞，就发到微博上去。跟以前写博客差不多，偶有所感，想说给人听，不知道说给谁合适，就写出来，有一说一，没有不说，不追求章法形式。第一次写诗都35岁了，不知道为什么心里有一口气在起伏，跟着它就分了行。都是即兴诗，十分释放，顾不上讲究，只能靠文字直觉和后台几十年做人的累积，写成什么样都是人生的副产品，不是“作品”。

“作品”写作不是要表达，是要铸造存在，这些诗够不上，我对诗也还没有那个企图心，我只是在表达。表达与分享的核心是要诚实。我是一个老实人，年轻的时候很向往诗人，但是自己心里没有，就从没试过要模仿。中年之后忽然写诗，都是真情实感，没有为写诗矫情过。我也不是跟着语言走的写作者，大体上写出来都忠诚的。选诗的时候只有一个标准，就是诗里的意思还算值得一说。

从 35 岁到 43 岁，从初涉中年到中年深处，这一段人生体验特别深厚，也特别混沌，我不确信有一天真的可以在整体上把握、在具体中陈述。比起来这些诗太细小、太清楚、太偶然，只是它们跳脱出来的瞬间，是昏昏中的恍然，又像是醒来又像是迷幻，我觉得是宝贵的幸福。也许有缘的朋友可以感应到那种幸福。

图书在版编目（CIP）数据

竟然是真的 / 刘天昭著 . -- 上海 : 上海文艺出版社，2021（2021.10 重印）
（单读书系）
ISBN 978-7-5321-8011-0

Ⅰ . ①竟… Ⅱ . ①刘… Ⅲ . ①诗集－中国－当代 Ⅳ . ① I227

中国版本图书馆 CIP 数据核字 (2021) 第 126598 号

发 行 人 : 毕　胜
责任编辑 : 肖海鸥
特约编辑 : 罗丹妮
书籍设计 : 张　卉 / halo-pages.com

书 名 : 竟然是真的
作 者 : 刘天昭
出 版 : 上海世纪出版集团 上海文艺出版社
地 址 : 上海市绍兴路 7 号 200020
发 行 : 上海文艺出版社发行中心发行
上海市绍兴路 50 号 200020 www.ewen.co
印 刷 : 山东临沂新华印刷物流集团有限责任公司
开 本 : 850 × 1092mm 1/32
印 张 : 4.75
字 数 : 15 千字
印 次 : 2021 年 8 月第 1 版 2021 年 10 月第 2 次印刷
ISBN : 978-7-5321-8011-0 / I.6350
定 价 : 36.00 元